泉

木村泉洋句集

青磁社

深々と年を越しゆく思ひあり

櫂

泉＊目次

句集
泉

一

雑煮椀老いて今年も御代りす

村中の社廻らん初詣

七草で八十の邪気祓ひけり

蕗の薹ひよつこり出でし松の内

晩年やお松明の火の粉浴びる

豊かなる母胎なりけり潮干狩

一盞が二盞となりぬ桃の酒

咲き満ちて機嫌上々花の霊

花見酒七十代も薔薇色だ

濁り鮒釣りし彼の川老いにけり

小心な吾子いとほしや武者人形

父の日の父老いにけり母は黄泉

喜寿過ぎて巫山の夢や明易し

故郷への橋のたもとに川施餓鬼

生身魂いまだ喜寿とは早過ぎる

花板を目指す若者新走り

黙禱で始むる宴今年酒

身の内の木枯一号吹きにけり

熱き湯に沈めば柚子の寄り来るも

二

一番鶏鳴いて若水汲みにけり

これが彼の餡餅雑煮旨きかな

吾いつかそのなかにゐて涅槃絵図

啓蟄や泉下の母上出でませよ

どの木にも力溢れて花満ちぬ

花冷えと云ふと言へども良き日和

被災地は花盛りなり福島忌

大波にさらはれてゆく桜貝

シャボン玉光り集めてこはれけり

入選を喜び合へり桜鯛

三寒も四温も経たる木の芽かな

立春のつめたき雨となりにけり

開帳す眠り弁天艶やかに

竜天に昇る勢ひ吾に欲し

五月雨の大歩危小歩危流れけり

母の日やおばばと呼ばれ孫も母

篝火に鵜は猛りつつ潜りゆく

一人酌む旅のみそらの河鹿笛

明日ありや鵙の速贄乾びをり

住みたしと露も思はず桃源郷

露の身の八十三歳あと幾つ

落ちさうで落ちず転がる芋の露

敬老会新米もゐて乾杯す

指先も足もしなやか風の盆

寝付かれぬ吾子と夜話台風圏

天の川字地球号吾一人

鎮魂の流灯闇を流れゆく

大蛇出て終ひとなりぬ里神楽

嶺々に雪をどつかと冬将軍

水底は閑かなりけり寒の鯉

藁囲命ながかれ冬牡丹

ともかくも幸せの使者大白鳥

長命の相といはれて冬至風呂

三

七種の緑滴るや湯気の中

繭玉のさ揺れに揺れて地震とほる

千利休手植ゑの桜しだれけり

咲き満ちて神の宿れる桜かな

蕪蒸し一椀で足る春の風邪

みちのくは花盛りなり昭和の日

み仏の知恵も授かる甘茶かな

寠れてはゐても恋する猫であり

蜘蛛合戦前しか道はなかりけり

早乙女の胸をあらはに乳飲ます

父の日や百歳は直ぐそこにあり

太陽は地球のマドンナ大夕焼

千枚田虫送るべく練り歩く

無月かと想ひてゐしが照り給ふ

橋渡る音に目覚めて鰡飛べる

生身魂妻が逝きても涙せず

空といふかたちなきもの天高し

学徒出陣冷たき秋の雨なりき

傘寿の賀一人で酌むや新走り

天高しずんぐりむつくり岬馬

鴛鴦の花よりもなほ花らしや

虎落笛吹いて更けゆく通夜の酒

四

余生とは一人の夕餉花菜漬

白魚の泳ぎゐるまま売られけり

この谷にこの生涯を蓬餅

桜餅二箇ありさらば茶を点てん

手抜きにはあらず今宵は冷奴

形代に託しきれざる穢を持てり

古稀の日の桔梗の色を惜しみけり

点滴に命継ぎをり神の留守

去るものは日のみならずや冬至風呂

身の内に枯れゆくものや落葉踏む

臘八や悟り得ぬまま老いゆくか

落葉にも温かみある日和かな

しがらみのなくてすつきり木守柿

賑ひしほどには減らず蜜柑狩

療養の手乗文鳥冬うらら

五

花餅の木を飾りては年重ね

早瀬にも春待つ心梓川

始業式済み講堂の灌仏会

薦はづし街路樹の景整ひぬ

再びは見ぬかも知れず卒業子

秘仏てふ艶めく肌を開帳す

潮干狩潮引くかぎり進みゆく

朴の木の日の斑を浴びて巣立鳥

川筋の続くかぎりや行々子

なれずしに旅の疲れのほどけけり

疲れ鵜を鵜縄きびしく捌きけり

はるばると賀を述べに来て初節句

麦稈帽風の意のまま転がりぬ

蓬萊酒と鮎の魚田で持てなしぬ

騎乗して父帰り来よ茄子の馬

二十余の句碑に露置くむすびの地

猿のゐて木の実時雨の山路かな

澄む水の流るるやうに喜寿過ぎぬ

永らへしだけの命や敬老日

故里の新米届くささにしき

腹見せてあつけらかんと柘榴かな

腹割れて野趣に富みたる通草かな

蕉翁と云はれて若し秋の寺

浅鍋に浮きつ沈みつ新豆腐

喉越しの味は格別とろろ汁

十代が頬りに恋し赤蜻蛉

嫁にゆく姉惜しみけり金木犀

はらわたの苦きが嬉し新秋刀魚

魂の籠り色づく紅葉かな

太陽に恋をしてゐる日向ぼこ

御爺さん席をどうぞと暖房車

カロリーを計り三食納豆汁

ビールより酒が宜しき忘年会

粥柱三個頂き桜粥

六

まほろばの大和の国の秋高し

国宝を尋ねて歩く奈良の秋

秋惜しむ奈良大仏の慈眼かな

黄葉して己に酔へり大銀杏

鹿の街我が物顔の鹿に鹿

松茸飯ほのかに香り敬老会

慈悲ありて千手観音秋深し

選外の句を見詰めては秋惜しむ

少国民家族で楽しむ運動会

赤飯と芋の煮物や運動会

暗くても金木犀と判りけり

名月に心うごかず老いにけり

無位無官人並みに生き文化の日

母校にて抹茶頂く文化祭

鮨よりも温め酒の旨きかな

里帰りの姉に甘えてあんぽ柿

里帰りの姉の婿殿新酒酌む

新米の旨さ引き立て混ぜ御飯

立冬や中性として伎芸天

性愛は神の賜物木の葉髪

枯野にもぽつりぽつりと家があり

何処にも家はありけり冬構

冬日差し鑑真和上結跏趺坐

一人っ子一身に愛七五三

眠るだけ眠れば覚めぬ浮寝鳥

楠は樹齢千年注連をはり

三日には関東風の雑煮かな

あとがき

風来坊の私が句集を出したいと思って、四苦八苦して百五拾句にまとめるのがやっとでした。しかし、それもただごとの句ばかり作っていましたので当然でした。自業自得です。

御蔭様で上木に漕ぎつけました。長谷川櫂先生はじめ古志の会員の方々に深謝致します。

平成二十八年十二月

木村　泉洋

著者略歴

木村　泉洋（きむら・せんよう）

一九三二年　宮城県生まれ
早稲田大学教育学部卒業
古志同人

現住所　〒四八九―〇八七五　愛知県瀬戸市緑町二―一一―九二三

古志叢書第五十一篇

句集　泉

初版発行日　二〇一七年三月一日
著　者　木村泉洋
定　価　一八〇〇円
発行者　永田　淳
発行所　青磁社
京都市北区上賀茂豊田町四〇―一
（〒六〇三―八〇四五）
電話　〇七五―七〇五―二八三八
振替　〇〇九四〇―二―一二四二二四
http://www3.osk.3web.ne.jp/~seijisya/
装　幀　加藤恒彦
印刷・製本　創栄図書印刷

ISBN978-4-86198-377-1 C0092 ¥1800E